Nube Itsy-Bitsy

Un deseo secreto concedido

Translated from the Original English version of
Itsy-Bisty Cloud

Francis Edwards

Ukiyoto Publishing

Todos los derechos de publicación son propiedad de

Ukiyoto Publishing

Publicado en 2023

Derechos de autor del contenido © Francis Edwards

ISBN 9789357878654

Reservados todos los derechos.
Queda prohibida la reproducción total o parcial de esta publicación, así como su transmisión o almacenamiento en un sistema de recuperación de datos, en cualquier forma y por cualquier medio, ya sea electrónico, mecánico, por fotocopia, grabación u otros métodos, sin la autorización previa del editor.

Se han hecho valer los derechos morales del autor.

Se trata de una obra de ficción. Los nombres, personajes, empresas, lugares, sucesos, locales e incidentes son producto de la imaginación del autor o se utilizan de forma ficticia. Cualquier parecido con personas reales, vivas o muertas, o con hechos reales es pura coincidencia.

Este libro se vende con la condición de que no sea prestado, revendido, alquilado o distribuido de cualquier otra forma, sin el consentimiento previo del editor, en cualquier forma de encuadernación o cubierta distinta de la que se publica.

www.ukiyoto.com

Dedicatoria y agradecimientos

Dedicado a la memoria de Lee Barry Turner

Retirado de esta Tierra, 7 de Febrero de 2022

Mi ahora, Ángel de la Guarda. Me decía que escribiera todos los días durante su enfermedad para mantener mi mente ocupada y alejada de sus problemas. Recibió en la Tierra la buena noticia el 7 de febrero de 2022: "Enhorabuena, tu libro ha sido aceptado para su publicación."

Lee Barry Turner estará conmigo a cada paso que dé en mi viaje por la vida escribiendo libros de cuentos, ensayos y poemas para niños, hasta que nuestras almas se unan en los cielos por la gracia de Dios.

Ilustraciones buscadas en Google

Se dan los créditos correspondientes a estas búsquedas:

Fotos de nubes de Unsplash:

Daoudi Aissa
Barrett
Scanner
Oskay
Emmanuel Appiah
Patrick Janser
Vladimir Anikeev
Nicole Geri
Josiah H
Julian Reijnders
Yurity Kovalov

Ilustraciones también descargadas de fuente libre de derechos, uso comercial:

The Graphics Fairy

Free Vector Images

Pixels

Pixabay

Peakpx

Created illustrations using:

Text on Image

Clip Art Free Download

Gracias a todos por abrir sus puertas a los escritores.

Contenido

Itsy - El secreto de Bitsy	1
Itsy - Bitsy escribe un poema	7
Itsy - Bitsy's cuenta su secreto	10
El sueño profundo	13
Visita con las Brownies	15
El hada cacique del manzano	19
Duendes	23
La guerra de los gnomos	27
Los elfos	32
Eslabón de cadena	37
Kelpie, el caballo	42
La tormenta	44
Sobre el autor	*45*

Itsy - El secreto de Bitsy

Érase una vez una niña, Itsy-Bitsy, que tenía un espíritu maravilloso. Quería subirse a una nube. Guardaba su secreto sólo para ella. Itsy-Bitsy sabía que sus amigos, y sobre todo su hermano mayor, Ziggy, se burlarían de su deseo.

A Itsy-Bitsy le encantaba mirar las nubes. Siempre le llamaban la atención las grandes nubes blancas y esponjosas que se deslizaban lentamente por el cielo azul. Se daba cuenta de que estas nubes especiales solían cambiar de forma antes de desaparecer en el horizonte. Nadie entendía su fascinación. Ziggy solía gritarle que mirara al suelo mientras caminaba hacia el colegio. "Itsy-Bitsy te vas a caer. ¿Qué miras? Voy a decírselo a mamá". Itsy-Bitsy le ignoraba y se iba dando tumbos al colegio. "Nube Ziggy, déjame en paz, decía".

Una vez en el colegio, Itsy-Bitsy siempre pedía a su profesora que le asignara un asiento junto a una ventana. Itsy-Bitsy le dijo a su profesora que sufría de claus-tro-pho-bia. Itsy-Bitsy buscó la palabra en el diccionario, que la explicaba como un miedo extremo a los espacios cerrados.

Itsy-Bitsy escuchó la palabra de su madre, Merry-Weather, un día que estaba explicando a otras madres en el patio por qué Itsy-Bitsy siempre está mirando hacia arriba. Itsy-Bitsy sabía que esta etiqueta siempre funcionaba para asegurarse un asiento en la ventana en todas sus clases en la escuela. Itsy-Bitsy sólo quería poder mirar por la ventana para comprobar si pasaban nubes. Itsy-Bitsy no estaba sola. Otros compañeros también disfrutaban mirando por la ventana de clase, pero no buscaban nubes. De vez en cuando, los profesores de Itsy-Bitsy la sorprendían mirando por la ventana. Los profesores la miraban mal por soñar despierta.

Itsy-Bitsy llevaba un diario. Todos los días, si veía una nube, dibujaba su forma e intentaba identificarla. Itsy-Bitsy imaginaba si la nube se parecía a un barco, un país, un animal, una estrella, un árbol o una persona. Ese era su juego. La entretenía durante horas.

Itsy-Bitsy incluía nubes en todos sus dibujos. Su padre, Storm, se fijaba en ellas cada vez que Itsy-Bitsy volvía del colegio y colocaba un nuevo dibujo en la puerta de la nevera. Su padre comentaba: "Itsy-Bitsy, tu nube es el mejor elemento de todo el dibujo. Cómo lo haces. Nunca lo entenderé".

Uno de los mejores momentos de la escuela para Itsy-Betsy era participar en su clase de Ciencias. Le encantaba aprender sobre todas las formaciones de nubes. Itsy-Bitsy aprendió que hay cuatro categorías principales. Estas categorías se distinguen por la altura de las nubes en el cielo. Itsy-Bitsy escribió en su cuaderno:

Las nubes altas se llaman cirros o nubes plumosas.

Los cirros son tan altos que el agua que contienen está congelada. Ver estas nubes significa que se avecina tormenta o un frente cálido.

Los cirrocúmulos son nubes de aspecto irregular. Se acerca el buen tiempo.

Las nubes Cirrostratus son nubes de aspecto lechoso. Cubren todo el cielo. Se puede ver a través de ellas. Esto indica que un frente cálido está en camino. Buen tiempo.

Las nubes medias

Las nubes altocúmulos tienen un aspecto redondeado y ovalado. Están llenas de lluvia. Sin embargo, la lluvia se evapora antes de tocar el suelo. Estas nubes indican el inicio de una tormenta. También significan que se aproxima un frente frío.

Las nubes Altostratus son nubes de manto gris. Producen lluvias ligeras.

Itsy-Bitsy hizo esta foto pequeña, porque no le gusta nada el aspecto de estas nubes.

Las nubes bajas

Las nubes Stratus son nieblas y brumas.

Los estratocúmulos son nubes esponjosas muy juntas. Pronostican probablemente una ligera llovizna.

Las nubes multinivel muestran una gran formación vertical ascendente.

Los cúmulos son hermosas nubes a la deriva. Estas nubes desaparecen al atardecer. Significan buen tiempo.

Las nubes cumulonimbos son montañas verticales.

Pronostican tormentas de fuertes lluvias o granizo. Incluso puede haber un tornado.

Las nubes Nimbostratus tapan el sol. Estas nubes son muy oscuras. Producen lluvia o nieve, según la estación.

Itsy - Bitsy escribe un poema

Itsy-Bitsy, ahora puede acudir a su cuaderno para comprobar todas las nubes diferentes que encuentra en el cielo. Ziggy no puede culparla por mirar hacia arriba. Ahora puede predecir el tiempo. Ofrece consejos a su familia, ayudándoles a tomar decisiones, como coger un paraguas. Itsy-Bitsy empezó a convertir las predicciones meteorológicas en un juego. Anota en su calendario cuántas veces acierta. Cada vez que Itsy-Bitsy acierta, Storm le da una moneda para su hucha. Ziggy tiene que sacar la basura. Su madre le pone una golosina extra en la fiambrera del colegio. El gato de Itsy-Bitsy le da un maullido especial por mantenerla a salvo dentro de casa en los días de lluvia.

Itsy-Bitsy se vuelve tan buena prediciendo el tiempo que todos en la escuela le consultan porque no pueden recordar su lección de ciencias sobre las nubes. Las madres del parque y del patio empezaron a consultarla. Le preguntaban a Itsy-Bitsy qué tiempo iba a hacer. Una madre decía: "Estamos planeando fiestas en la piscina al aire libre". Itsy-Bitsy disfruta de toda esta atención. Recibe y hace nuevos amigos todos los días. Todos los repartidores de periódicos, incluido el cartero, preguntan a Itsy-Bitsy qué tiempo se espera.

Itsy-Bitsy escribe un poema para su clase de inglés.

NUBE, NUBE, NUBE...
BAJA...
PODRÍA...
SUBIR A BORDO.

¿PUEDES LLEVARME...
ACAMPAR EN EL CIELO...
BAJA A MI.

NO PUEDE SER DEMASIADO PRONTO...
NO PUEDO ESPERAR...
PUEDO BESAR TU BENDICIÓN...

PUEDO CELEBRAR TU PRESENCIA NUBE, NUBE, NUBE...
VEN LLÉVAME LEJOS...
CONTINUA CON TU VIAJE...
CONDICION ANTES DE QUE DESAPAREZCAS.

Itsy-Bitsy lee su poema a Ziggy, pero a éste no le impresiona. Declara: "Ese poema es una locura, no puedes sentarte en una nube, niña loca, te caerás a través de ella. Voy a delatar a mamá". Itsy-Bitsy responde: "Puedo fingir, estúpida, ahora vete a sacar la basura antes de que llueva".

Itsy-Bitsy quiere enseñarle el poema a su padre. Éste, tan impresionado con el poema, le pregunta: "Itsy-Bitsy, ¿por qué has utilizado todas esas palabras que empiezan por la letra C"? Itsy-Bitsy responde: "La C es la letra del abecedario que estamos aprendiendo en la escuela. Todas esas palabras con C estarán en nuestro examen de ortografía de la semana que viene". "Oh, ya veo, aquí tienes un dólar para tu hucha. Tu poema está inteligentemente construido, enhorabuena. Continúa transmitiendo el contenido; reclama los derechos de autor".

Itsy - Bitsy's cuenta su secreto

Un día, su madre le pide a Itsy-Bitsy que salga al jardín trasero a recoger flores para poner en la mesa. Merry-Weather tiene previsto agasajar al Club de Jardinería local con un almuerzo esta tarde. Mientras Itsy-Bitsy se dedica a recoger flores silvestres, como campanillas azules, brezos, altramuces y flores amarillas, no puede resistirse a mirar las nubes. Al hacerlo, Itsy-Bitsy tropieza con un viejo adorno de jardín oxidado. Lo recoge y ve que es un Cupido. Cupido está muy contento. Por fin lo han encontrado, después de pasar años y años escondido. Se estaba oxidando en la tierra húmeda. Itsy-Bitsy colocó a Cupido sobre una gran roca. Cupido dijo: "Me has salvado. Por ti lanzaré mi última flecha. Mi flecha puede atravesar el corazón de un Hada de los Jardines, y ella puede concederte un deseo". "Sí, sí, por favor procede. Tengo un deseo secreto. Nunca se lo he dicho a nadie, excepto a mi gato, Jumping-Jack. Él guarda mi secreto, porque no habla el lenguaje humano".

Itsy-Bitsy coloca con cuidado al oxidado Cupido sobre una roca lisa más cómoda, para que pueda estabilizarse. El Cupido disparó su última flecha directamente a una perturbación en un parterre de flores púrpuras.

"Es un Hada de los Jardines", declara Itsy-Bitsy. "¡Puedo verla!"

El Hada de los Jardines revolotea sobre unas flores moradas. Ahora, Itsy-Bitsy puede verla realmente contra el cielo azul real. El Hada de los Jardines siempre cambia de color para adaptarse al color de la flor o del objeto tras el que se esconde. Hoy es morada. Hace juego con las flores moradas donde se esconde hoy. El Hada de los Jardines le dice a Itsy-Bitsy que sólo puede cambiar un secreto por otro secreto. El Hada de los Jardines le dice a Itsy-Bitsy: "Primero debes contarme tu secreto, ya que mi corazón está atravesado". Itsy-Bitsy dice: "Mi deseo secreto es subirme a una nube y volar por el cielo". El Hada de los Jardines responde: "Mi secreto es que yo no puedo conceder deseos, pero puedo pedir que tu deseo sea concedido por tu Hada Madrina. Ella es la única que puede concederte tu deseo. Como te apellidas Nube, tu Madrina se llama Nube. La conocerás. Ella vendrá a ti vestida con un hermoso vestido blanco que parece una nube, llevando una varita mágica con una estrella atada".

Nube Itsy-Bitsy

El Hada de los Jardines le dice a Itsy-Bitsy: "Prometo informar a tu Madrina Nube de tu deseo secreto, mientras duermes profundamente alguna noche. Es entonces cuando puedo hablar con tu Madrina Nube en tu nombre. Tu Madrina Nube podría entrar en un sueño profundo en cualquier momento y tal vez conceder tu deseo". No debes contarle esto a nadie. Si lo haces, tu deseo desaparecerá. Tu Madrina Nube no entrará en tu sueño por muy profundo que sea. Tu sueño no tendrá sueños, si se descubre el secreto. Debes recordar esto cada día y cada hora del día, para no contárselo a nadie.

El Hada de los Jardines oye pasos. Debe irse. Ella debe volar lejos y esconderse entre un parche de flores de color púrpura. Desaparece tan rápida y velozmente como apareció.

Itsy-Bitsy se da la vuelta y ve a su hermano, Ziggy. Le grita: "¿Por qué tardas tanto? Mamá necesita esas flores ya mismo. Date prisa, Itsy-Bitsy, o le echaré la culpa a mamá. No se puede confiar en ti para hacer nada".

Itsy-Bitsy se pone nerviosa. Sale corriendo con el brazo lleno de flores. Ni siquiera se toma la molestia de colocarlas en la cesta de mimbre que había traído. Itsy-Bitsy está muy contenta. No sabe qué pensar. Sólo sabe una cosa. No debe contarle a nadie su secreto.

El sueño profundo

Todas las noches, la madre de Itsy-Bitsy le decía a su hija después de leerle un cuento: "Dulces sueños, querida". No tenía sueños. La pobre Itsy-Bitsy no podía contarle a nadie su secreto. El único que lo sabía era su gato, Jumping-Jack. Sólo sabía maullar. Itsy-Bitsy recordó lo que le había dicho el Hada de los Jardines: "El secreto desaparecería como una nube cúmulo, si algún secreto se hiciera un poco de eco incluso durante un ronquido".

Una noche, Itsy-Bitsy empezó a dar vueltas en la cama mientras dormía. Jumping-Jack empezó a maullar y maullar, cada vez más fuerte. Apareció el Hada Madrina Nube. "He venido a concederte tu deseo secreto. Ahora puedes descansar en paz, mi querida niña. Has superado la prueba. No has contado a nadie ninguno de nuestros secretos ni de los tuyos. Muchos niños han pedido tu deseo secreto, pero todos han fracasado. Has resistido todas las tentaciones. Me has demostrado tu valía. Esos otros niños no pudieron mantener el deseo secreto de subirse a una nube. Todas sus esperanzadoras nubes se convirtieron en lluvia. Su deseo se esfumó. No pueden subir a la nube que una vez eligieron. Su deseo se ha desvanecido para siempre. Tú tienes suerte. Tu nube te espera.

La montaña donde vivo es la capital del País de las Hadas. Soy la Reina de la Montaña del País de las Hadas. He ordenado a mi montaña que te haga un Cap Cloud. Una vez que comiences tu ascenso a la montaña yo, con mi varita mágica, dirigiré vientos ascendentes hacia la cima de la montaña para formar tu Cap Cloud. Tu gato te dejará ensillarle. Entonces podrás saltar sobre la nube.

La Nube Clap te llevará a mi mundo, llamado el Otro Mundo. Visitarás mi Reino. Para confirmar tu llegada, en cada terreno del Otro Mundo, deberás entregar una postal. Esas postales contendrán las direcciones de todos los fae que visitarás. Una vez visitado, la postal del terreno me será devuelta por el Hada de los Jardines que me contó tu deseo secreto. Esto confirmará tu visita. Clap Cloud irá a un nuevo terreno con diferentes fae, contigo y con Jumping-Jack a bordo. Si el Hada de los Jardines vuelve volando hacia mí, sin una postal firmada por el jefe principal de cada terreno, la Nube de Gorro seguirá a la deriva sin ti ni Jumping-Jack. Tú y tu gato viviréis para siempre entre las hadas de los terrenos de mi Otro Mundo. Nunca os marcharéis. Todos mis súbditos se comprometen a guardar secretos para sí mismos. Nadie en tu mundo humano sabrá nunca dónde estás en mi Reino del Otro Mundo.

Nube Madrina tiene otra regla que todas las hadas deben seguir. Las hadas nunca mienten. La verdad debe ser dicha.

"¡Ahora te irás!"

Visita con las Brownies

La nube Clap surca el cielo y se cierne sobre las tierras de labranza. Itsy-Bitsy y Jumping-Jack ven animales de granja, un granero y la casa de un granjero. Itsy-Bitsy piensa: "Qué maravilla". Le pregunta a Cap Cloud: "¿Es este el primer terreno? "Sí, ahora asegúrate de llevarte la postal correcta marcada con Brownies, cuando Jumping-Jack te saque de mi lado".

Itsy-Bitsy y Jumping-Jack llegan y son recibidos por Brownie Hard Worker: "¡Bienvenidos! "Es agradable ver una ayuda extra en el Terreno de la Granja". "Su hermoso Gato Persa puede tallarse un hogar lejos de casa. Puede saltar a esa gran calabaza de allí. Creo que le gustará anidar allí".

Brownie Hard Worker explica que el granjero, con mi ayuda por la noche, ha recogido todas las calabazas de los campos. Han llegado para la hora de tallar las calabazas. Las calabazas se tallan con caras. Por la noche se encienden con velas para ahuyentar a los espíritus. Los espíritus no son hadas. Los espíritus pueden ser fantasmas, brujas, demonios, vampiros o zombis que asustan a los animales de la granja. Aparecen de la nada, el 31 de octubre. Los humanos llaman a la ocasión Halloween. Tu trabajo consistirá en tallar caras en 50 calabazas. Cada calabaza debe tener tallada una cara terrorífica diferente. Ahora, debo ir a decirle al Jefe de la Granja que estás aquí. Buena suerte, querida. Nos vemos más tarde. Comienza a tallar las calabazas tan pronto como puedas. Aquí hay un cuchillo para tallar. Ten cuidado de no cortarte. Oh, por cierto, su gato puede entregar cada calabaza tallada alrededor de cada corral de animales. Asegúrate de proporcionar unas cuantas calabazas extra para los cerdos. Siempre se comen unas cuantas antes de la noche de Halloween.

El Trabajador Duro se dirige a decirle al Jefe del Terreno de la Granja que la Nube de Aplausos ha traído un visitante del mundo humano para tallar calabazas.

"Aquí, aquí", grita el trabajador duro. Se llama Itsy-Bitsy Cloud. Tallará calabazas para nosotros. Mira, ya ha empezado.

El Jefe del Terreno Agrícola va disfrazado de calabaza terrorífica. Cuando saluda a Itsy-Bitsy, le explica que su función en la noche de Halloween es proteger la casa del granjero de cualquier intruso malvado. Debo permanecer en el porche del granjero. Por favor, no se alarme por mi aspecto. Después de Halloween, volveré a parecer una Brownie normal con orejas puntiagudas. Itsy-Bitsy está demasiado asustada para entregarle su postal. Jumping-Jack corre hacia su calabaza y salta dentro. Itsy-Bitsy decide esperar hasta después de tallar 50 calabazas.

Itsy-Bitsy sigue tallando y tallando calabazas. Pronto empieza a quedarse sin caras diferentes que tallar. Talló la cara de Ziggy diez veces. De diez maneras diferentes. Itsy-Bitsy le dice a Jumping-Jack que lleve la mayoría de las caras de calabaza de Ziggy al corral de los cerdos. Itsy-Bitsy espera que los cerdos tengan hambre. Cuando llega a las 33 caras, la pobre Itsy-Bitsy empieza a recortar diferentes nubes en las calabazas. Cree que las nubes de tormenta pueden asustar a las brujas. Las brujas tendrán miedo de volar durante una tormenta.

Itsy-Bitsy, después de ayudar a las Brownies, quiere seguir con las nubes. Itsy-Bitsy encuentra una forma ingeniosa de entregar su postal al Cacique. Itsy-Bitsy coloca su postal dentro de una de sus calabazas talladas para mostrar al Cacique su trabajo. El Trabajador entrega la calabaza al Cacique y, al levantar la tapa para poner una vela dentro, su mano agarra la postal. Firma la postal y el Hada de los Jardines, que ahora es de color naranja, sale revoloteando de entre unas calabazas apiladas y se lleva la postal bajo sus alas. El Hada de los Jardines desaparece de la vista para entregar la postal a la Madrina Nube.

Justo unas horas antes de la puesta de sol de la noche de Halloween, apareció la Nube Casquete y Jumping-Jack cogió a Itsy-Bitsy a su espalda y saltó sobre la Nube Casquete. Itsy-Bitsy estaba muy contenta. Sabía que cualquier duende que estuviera merodeando por el terreno de la granja la noche de Halloween asustaría a Jumping-Jack. Jumping-Jack podría huir y esconderse en algún lugar de la granja y nunca lo encontrarían. Itsy-Bitsy incluso creía que los cerdos podrían comerse a Jumping-Jack en lugar de una calabaza con cara de Ziggy.

Itsy-Bitsy le gastó una broma al Cacique según la tradición de Halloween. No mintió. El regalo de Itsy-Bitsy fue la Nube Aplaudidora que llegó justo antes de la puesta de sol. Itsy-Bitsy y Jumping-Jack pudieron ver todas las calabazas iluminadas alrededor de la granja junto con un montón de sombras extrañas mientras la Nube de Aplausos se alejaba durante un cielo iluminado por la luna llena y las estrellas.

El hada cacique del manzano

La nube Cap no va muy lejos. Comienza a planear sobre un espeso bosque lleno de enormes y viejos árboles. La Nube Gorra se detiene. Itsy-Bitsy y Jumping-Jack se adentran en un denso y oscuro bosque. Itsy-Bitsy empieza a seguir un camino que encuentra entre unos árboles. Los árboles parecen haber crecido allí durante cien años o más. Tienen unas trompas enormes, como las de los elefantes de un zoo. Itsy-Bitsy empieza a darse cuenta de que algunos árboles tienen nudos que parecen caras. También empieza a pensar que algo se esconde detrás de algunos árboles. Jumping-Jack empieza a maullar a un manzano gigante en particular. Jumping-Jack no avanza en absoluto. El pobre gato se queda congelado en el suelo. No hace más que mirar hacia arriba y maullar un sonido muy aterrador. Itsy-Bitsy oye el mismo sonido de Jumping-Jack justo antes de una pelea de gatos. El maullido se convierte en un siseo. Jumping-Jack encorva la espalda preparándose para la batalla. Itsy-Bitsy se asusta. Al igual que Jumping-Jack, se queda paralizada y empieza a temblar. Quiere huir, pero no puede moverse.

El viejo manzano empieza a hablar con una voz muy grave y hueca. "Habéis llegado al terreno de las dríadas y yo soy el manzano jefe. No os preocupéis. Las dríades nunca salimos de nuestros árboles. Nos convertimos en parte del árbol cuando un nudo se transforma en una cara.

Soy la única dríade con ojos que puede verte. Mis ojos me permiten ver a los niños de tu mundo que intentan esconderse detrás de los árboles fuera de mi vista. Creo que algunos de los niños que dicen haber perdido sus postales mienten. Mientras que otros tienen miedo de darme sus postales, porque tienen miedo de mi mirada o de mi voz que es más a la verdad. Todos esos niños deben quedarse aquí para siempre. Están atrapados aquí. Todos sobreviven a base de nueces o de las manzanas que han caído y rodado por el suelo lejos de mi tronco. Están demasiado acostumbrados a las dulces palabras de sus madres. Mi voz profunda y hueca los aleja de mi árbol. "¿Me tienes miedo?" "No, pero mi gato, Jumping-Jack, tiene miedo. Tengo un hermano que a veces tiene una voz grave y hueca como la tuya. Su voz se vuelve grave sobre todo cuando amenaza con delatarme a mi madre".

Los niños salen lentamente de detrás de los árboles para saludar a Itsy-Bitsy y Jumping-Jack. Su madre le dijo a Itsy-Bitsy que intentara ayudar a los niños menos afortunados.

Itsy-Bitsy pide la postal a cada niño. Itsy-Bitsy se dirige a los niños en un susurro. Voy a gastarle una broma al Cacique de los Árboles. Os prometo que todos seguiréis el juego conmigo. Los niños responden: "El Árbol Cacique utilizará sus ramas para perseguirnos. No llegaremos a su nube". Itsy-Bitsy responde: "Oh, no, no mentirá. El Hada de los Jardines recibirá todas vuestras postales para volar de vuelta a la Nube Madrina, si mi truco funciona". Itsy-Bitsy dice: "Hacer un truco no es mentir".

Cada niño entrega su postal a Itsy-Bitsy. Una vez hecho esto Itsy-Bitsy, a lomos de Jumping-Jack, salta por la parte trasera del Árbol del Cacique. El árbol no siente nada. Itsy-Bitsy, con la ayuda de Jumping-Jack, esconde una postal detrás de cada hoja con la savia del árbol. Itsy-Bitsy elige hojas de color dorado o naranja otoñal.

Itsy-Bitsy espera a que una suave brisa atraviese el bosque y sacuda las hojas sueltas de los árboles del bosque. Cuando las hojas que caen le dan en los ojos, coge una rama para apartar la hoja de sus ojos. Esas hojas llevan pegada una postal. Itsy-Bitsy y Jumping-Jack saltan de alegría. Itsy-Bitsy exclama: "¡Mirad niños, mi truco ha funcionado!

El Hada de los Jardines, ahora vestida de verde y oro otoñal, baja revoloteando de una rama. Coge todas las postales firmadas por la dríade jefa. Los niños saltan de alegría. Itsy-Bitsy: "Eres muy, muy lista. Ahora podemos irnos contigo y con tu gato. Gracias, gracias".

Itsy-Bitsy y Jumping-Jack también están contentos. Itsy-Bitsy no tendrá que viajar sola, tendrá nuevos amigos con los que hablar. Jumping-Jack tendrá mucha atención con mimos y abrazos.

Pronto aparece el Cap Cloud y Jumping-Jack lleva a cuestas cinco nuevos amigos con los que nublarse.

Itsy-Bitsy está tan contenta de tener amigos con los que hablar que escribe un poema para recordar al viejo Manzano.

A de Manzana, Manzana, Manzana

Manzano...

Capaz de ver rojo...

Permitir tener...

Mucho que llevar.

Lejos con ellos...

Un buen árbol...

Cuenta para reponer...

Otro año vendrá.

Siempre un buen regalo...

Delantal puesto...

Aplicar buena medida...

De acuerdo con las instrucciones.

Acceder al...

Aroma para encender...

Apetito...

Aprobación a seguir.

Aplausos...

Te permite otra...

Añade tus bendiciones para...

Manzanas, Manzanas, Manzanas.

Duendes

A través del cielo, la Nube Cap se fue con los Vientos Alisios, empujando a los niños todo el camino hacia el Este a través del Océano Atlántico desde un terreno en América del Norte a Europa. Los somnolientos niños son llevados al hogar del Terreno de los Duendes, que los hunams llaman Irlanda.

Estas tímidas hadas están formadas en su totalidad por varones. Han formado parte del Terrain Leprechaun antes de que aparecieran humanos viviendo allí. Los Leprechauns se han convertido en un símbolo adoptado en la Irlanda actual. Hay muchas historias escritas sobre ellos en el folclore irlandés.

Los niños se despiertan lentamente al oír música y bailes que parecen cada vez más fuertes. Oyen golpes como de martillos al ritmo de la música. Los niños se despiertan y quieren unirse a la diversión. Los niños se alegran de aterrizar en tierra firme. Los niños han sufrido un desfase nuboso. El tiempo retrocede cuando se viaja hacia el Este. Rápidamente se recuperan del cansancio. Están rodeados por los simpáticos duendes. Esta es su forma de dar la bienvenida a los recién llegados a su terreno. Un duende incluso levantó un cartel para que todos los niños lo leyeran.

"Niños, todos sois bienvenidos a tomar un refresco y uniros a nuestra fiesta". Mientras os divertís, los zapateros vamos a haceros zapatos nuevos. Sabemos que los niños gastan sus zapatos muy rápido. Este será nuestro regalo para vosotros. Haremos al gato un collar nuevo con los restos de los zapatos de cuero. Itsy-Bitsy responde: "Qué maravilla, muchas gracias". Jumping-Jack añade su maullido. Todos los niños aplauden y se ponen a bailar como tontos.

Itsy-Bitsy no tarda en darse cuenta de que cada vez que parpadea, el duende con el que está hablando desaparece. Itsy-Bitsy piensa para sus adentros: "¿Cómo voy a darle seis postales al Duende Jefe del Terreno si parpadeo? No puedo dejar de parpadear. Sé que debo hacer un truco ingenioso.

Itsy-Bitsy le pregunta a un Leprechaun: "¿Qué se hace con nuestros viejos zapatos gastados"? El Duende responde: "Dejamos que el Duende Jefe del Terreno decida. Le daremos todos vuestros zapatos viejos y nuestro duende jefe los clasificará según su estado. Si algo se puede reutilizar, evitaremos que se conviertan en combustible para el invierno. Nuestras casitas de los pueblos de todo nuestro Territorio se calientan con zapatos viejos que no se pueden reparar".

Itsy-Bitsy cruza las piernas para pensar. Sabe, por haber leído muchos libros de cuentos, que nadie ha atrapado nunca a un duende y ha recibido una olla de oro. De hecho, nadie en los últimos mil años ha atrapado nunca a un duende, recuerda haber leído en alguna parte o quizá se lo contó Ziggy. Itsy-Bitsy no quiere una olla de oro. De todos modos, el oro no dejará que el Capi Nube venga a recogerla con sus nuevos amigos. Itsy-Bitsy debe pensar en una manera de pasar las postales a la mano del Duende Cacique.

Itsy-Bitsy sabe que a todas las hadas les encantan los regalos. Itsy-Bitsy reúne en secreto todas las postales de los niños. Coloca cada postal en el zapato derecho de cada pareja. Mete el zapato derecho de cada par en una caja y envuelve la caja con papel que pide a uno de los duendes. El papel de regalo está cubierto de tréboles verdes de cuatro hojas, un símbolo de buena suerte utilizado por los Leprechauns. Itsy-Bitsy mete todos los zapatos del pie izquierdo en una bolsa y se la entrega a un zapatero. Le entrega el regalo envuelto al Jefe de los Duendes del Terreno. Itsy-Bitsy dice sin pestañear: "Cacique Duende del Terreno, por favor, acepte este humilde regalo de todos los niños del Cap Cloud en agradecimiento por habernos recibido y por su amable hospitalidad". El Cacique sacude primero la caja y luego la abre para ver los zapatos. Está encantado con tanta amabilidad. Inspecciona cada zapato y recibe las postales. Las firma con mucho gusto. Itsy-Bitsy ve al Hada de los Jardines salir de detrás de un trébol de cuatro hojas. El hada va vestida de verde, coge las postales y se las lleva volando.

Itsy-Bitsy corre hacia todos los niños, que ahora bailan con sus zapatos nuevos. Les avisa de que se acerca la Nube Capa. Jumping-Jack ronronea con su nuevo collar azul más ancho para mayor resistencia. Los niños se sentirán más seguros agarrándose a él, cada vez que sean transportados a la Nube Gonorrea.

Itsy-Bitsy escribe otro poema en honor de esta feliz ocasión.

B de LIBRO, LIBRO, LIBRO

Créeme, leeré...
Mejor que disfrutar...
Mejor que jugar...
Sé mi amigo.

Se convierte en mi objetivo leer...
Más allá de mis conocimientos...
Detrás de mi pasado...
Comenzar una nueva aventura.

Alegra cualquier hora...
Becken my thoughts...
Rompe mi...
Aburrimiento.

Pequeño valiente...
Libro, Libro, Libro
Ata las páginas...
Enlaza la historia para mí.
Cree en los duendes.

La guerra de los gnomos

La Nube Casquete pudo despegar hacia el cielo azul, profundo y puro. Esta vez, la Nube de Gorro preguntó a Itsy-Bitsy: "¿A qué lugar del Otro Mundo te gustaría que lleváramos a tus amigos?". "Por favor, llévanos al Terreno de los Gnomos. Sé que los gnomos son simpáticos. Les gusta divertirse mucho. Yo tengo gnomos en mi jardín. Ziggy siempre tropieza con uno mientras me persigue. Siempre me echa la culpa a mí y me dice: "Se lo voy a decir a mamá". Todos nosotros estaríamos encantados de visitarlos. Estoy seguro de ello".

Mirando por encima de la Nube Cap, cuando el Cap se acercaba a tierra, Itsy-Bitsy vio una enorme señal.

Itsy-Bitsy decidió que los cinco niños de la Nube Caps votaran antes de aterrizar en este nuevo terreno. Esta sería la mejor solución, ya que la votación no podía resultar igualada. La votación se hizo a mano alzada. Ganaron los Sombreros de Gnomo Verde.

Itsy-Bitsy se alegró de la decisión, ¡ya que un Gnomo Sombrero Verde sostenía el cartel! Al ser entregada por Jumping-Jack, Itsy-Bitsy preguntó al Gnomo de qué se trataba la pelea. El Gnomo dijo: "La guerra la empezaron los humanos. Sólo compraban Gnomos Sombrero Rojo para sus jardines. Muchos Gnomos Sombrero Verde se pusieron celosos. Los Sombreros Verdes han cogido martillos para aplastar a los Sombreros Rojos y eliminarlos de las estanterías de las tiendas. Los humanos sólo tendrán la opción de comprar Sombreros Verdes. La producción de Sombreros Verdes de nuestras fábricas lleva un tiempo en declive y eso ha causado desempleo y penurias a muchos Gnomos Sombrero Verde". El Terreno de los Gnomos tiene dos Jefes, uno de Sombrero Rojo y otro de Sombrero Verde. El Jefe que gane la batalla aparecerá aquí, cerca de la señal y declarará la victoria. Permanece oculto hasta que veas que se acerca un caballo. Sólo los dos Jefes tienen un caballo.

Itsy-Bitsy se pone roja. Su madre acaba de comprar un Gnomo Sombrero Rojo para el jardín trasero. Itsy-Bitsy ahora quiere pintar el sombrero de verde, después de llegar a casa. Ziggy probablemente dirá: "¡Te voy a delatar!

Itsy-Bitsy y los cinco niños no pueden ver ninguna batalla, pero oyen cómo los sombreros de cerámica se desprenden de las estatuas del campo lejano. El Gnomo Sombrero Verde les dice a todos los niños. Si tenéis miedo, id a esconderos en los agujeros cavados junto a las raíces de los árboles en el bosque de allí. Los Sombreros Rojos avanzan por aquí y pronto podrían romper nuestra línea defensiva. Nuestros combatientes son más débiles que los Sombreros Rojos. No hemos tenido comida para hacernos luchadores fuertes. La situación se hace evidente. El ruido del frente de batalla se hace cada vez más fuerte. Todos los niños deciden correr y esconderse en los agujeros alrededor de las raíces de los árboles cerca de la enorme señal. Los niños recuerdan sus castigos por romper cosas en sus casas. No quieren participar en una batalla entre Sombreros Rojos y Sombreros Verdes. Los niños pueden ser castigados duramente al llegar a casa.

Del ahora tranquilo campo de batalla, un Gnomo Terreno Jefe, montado a caballo, apareció sin sombrero justo delante de Itsy-Bitsy y Jumping-Jack.

Justo antes de que todos los niños corrieran a esconderse, Itsy-Bitsy recogió sus postales. Itsy-Bitsy le dijo al Cacique: "Has perdido el sombrero". "No", le contestó riendo. "Me lo quité para protegerme de los golpes de amigos y enemigos". Itsy-Bitsy hizo una conjetura a partir de toda la información que le dio el gnomo del sombrero verde. Itsy-Bitsy cogió un sombrero rojo que encontró cerca y colocó las postales dentro del sombrero. La Cacique del Terreno se puso el sombrero y recibió las postales.

El Cacique Sombrero Rojo del Terreno le dijo a Itsy-Bitsy que se había declarado una tregua y que la batalla había terminado. Los Sombreros Rojos se enfrentarán a las tiendas de humanos con la oferta a los clientes de que si compran un Sombrero Rojo recibirán un Sombrero Verde a mitad de precio. Este plan mantendrá contentos a los

Sombreros Verdes y a sus trabajadores ocupados fabricando Gnomos. Todos salen ganando.

El Hada de los Jardines, ahora roja y verde, sale de un sombrero verde y vuela con las postales firmadas. Después de todo, los niños asistieron a la celebración de una tregua. La Nube Gorra llegó y se cernió sobre la fiesta el tiempo suficiente para que todos los niños pudieran ser transportados por Jumping-Jack.

H de Hurdle

Amontonándote...
Se dirige hacia ti...
Aguanta.

Ten la determinación...
Dirígete a las pruebas...
Da en el blanco.

Espera lo mejor...
Tramar otro plan...
Aclamarlo si tiene éxito.

Derriba ese obstáculo...
Esconderlo detrás...
¿Teniendo otro al que enfrentarse?

La mitad de la lista se ha ido ...

Salta a otro descubrimiento...

Aquí viene otro secreto.

Feliz serás...

Difícil no resistirse...

Ayudando a los demás.

Sombreros de Rojo...

Sombreros de Verde...

Elige...

Jardín en casa abrazará.

Los elfos

La Nube Gorro pasó rozando otro cielo muy azul con todos los niños colgados. Esta vez la Nube de Gorro tomó dirección Norte, directamente hacia el Polo Norte. Todos los niños sintieron el frío y cogieron mantas y jerseys para no pasar frío. La mayoría de los niños llevaban gorros verdes del terreno de los gnomos en la cabeza. Uno de los niños sabía quién vivía en el Polo Norte y gritó su nombre: Santa Claus. Los niños lo oyeron alto y claro. Itsy-Bitsy y Jumping-Jack podían ver la emoción en todas sus caras.

Lo primero que vieron los niños después de aterrizar fueron los renos. Sí, los nueve. Tenían instrucciones de llevar a los niños al Reino Terrenal de Santa Claus. El problema fue que no pudieron cumplir la instrucción de Papá Noel. Había más renos que niños. Los renos podían empezar a pelearse para ver a qué reno le tocaba elegir a un niño. Los renos resoplaban y armaban jaleo. Itsy-Bitsy sabía qué hacer. Pidió a los cinco niños que hicieran dos muñecos de nieve. Ahora cada reno tenía un ocupante que transportar: 6 niños, 2 muñecos de nieve y Jumping-Jack. Ahora todo iba bien.

Los renos partieron por la nieve hacia el Reino de Papá Noel con su carga. Al llegar, los niños eran recibidos por el duende, llamado Ify. Ify decía: "Ify, haz esto, yo haré lo otro". Ify nunca hacía nada solo. Siempre necesitaba ayuda o decía primero a todos lo que tenían que hacer. A Itsy-Bitsy y a los niños les decía: "Si os ponéis en fila, yo abriré la puerta del Reino de Papá Noel. Si extendéis la mano, haré que los elfos os la estrechen. Si les dices a los elfos tu nombre, yo te diré el suyo. Si vas y te sientas a la mesa, haré que los cocineros te preparen la comida. Si los cocineros me ayudan a llevar la comida a la mesa, yo serviré la comida".

Itsy-Bitsy preguntó a Ify: "¿Es Papá Noel el Jefe del Terreno?". Ify dijo que no, pero Papá Noel sustituye al Duende Cacique. Hace muchos años, nuestro Duende Cacique nos abandonó. El Tribunal

Seelie que dirime las disputas entre las Hadas, dictaminó que el Elfo Cacique del Terreno debía ser desterrado de lo que ahora llamamos, Reino de Santa, Polo Norte. Itsy-Bitsy preguntó: "¿Qué hizo?" El Duende Cacique odiaba la Navidad. Se negó a celebrarla. Mintió y fingió que le gustaba la Navidad durante años. Itsy-Bitsy preguntó entonces: "¿Cómo se enteró el Otro Mundo? Una Navidad, el duende jefe ordenó a los duendes que fabricaran todos los juguetes defectuosos. El Duende Cacique incluso alteró las instrucciones de los dibujos para que los juguetes se deshicieran. Papá Noel repartió esos juguetes por todo el mundo. No fue hasta el año siguiente cuando se descubrió al Duende Cacique. Nos llegaron cartas de niños de todo el mundo quejándose de los juguetes que habían recibido en las Navidades pasadas. Los niños incluían en sus cartas un deseo de juguetes que contuvieran una garantía contra defectos. Esas cartas fueron recogidas y enviadas por expreso de las Hadas de los Jardines a la Corte Seelie para su investigación. La Corte entrevistó a los Elfos fabricantes de juguetes. Los elfos se llevaron sus planos. Los planos fueron aprobados por el Elfo Jefe del Terreno.

El Tribunal Seelie también determinó que el Elfo Cacique se llevaba los juguetes buenos y los enterraba en la nieve. Este hecho salió a la luz cuando el Reino de Santa experimentó un deshielo prematuro. Los juguetes fueron encontrados por algunos Elfos. Los Elfos estaban teniendo una batalla de bolas de nieve. Los elfos vieron los juguetes asomando por la nieve. Antes de la batalla de bolas de nieve, los renos, al pisar el suelo en busca de comida, rompieron los juguetes.

La Corte Seelie mantuvo la regla, no se puede vivir una vida de mentiras. El Elfo Jefe rompió la Regla de Oro del Terreno, no mentir. El Hada Madrina Nube envió a nuestro Elfo Cacique al Polo Sur. Ella envió dos nubes especiales llamadas Nubes Nacaradas. El Hada Madrina también envió un mensaje especial entregado por un Hada del Jardín a Chieftain Elf que decía: "Si los juguetes no se arreglan antes de llegar al Polo Sur, las Nubes Nacaradas se desvanecerán y desaparecerán. Caerán al océano y desaparecerán junto con los juguetes que nadie quiere". Tenemos una copia de la carta en nuestro Museo de Papá Noel. Nadie ha sabido nada del Duende Cacique, pero unos monos han encontrado unos cuantos juguetes. Nos enteramos de que esos juguetes aparecieron en una playa de África.

Ningún elfo quiso acompañar al Jefe de los Elfos en su exilio al Polo Sur. El Jefe Elfo llegó a ordenar a sus elfos que se marcharan. Esto causó una revuelta. Una noche, un grupo de elfos esperó a que el Jefe Elfo se durmiera. Esos elfos ataron al Elfo Cacique con cintas y lazos a su alcoba. Cuando llegaron las dos Nubes Nacaradas, los elfos ataron las cintas sobrantes de la cama a un gran globo especial. Lo habían fabricado en la fábrica de juguetes para la ocasión. Cuando el globo alcanzó la Nube Nacarada más grande, se disparó una flecha que reventó el globo. El Duende Cacique cayó de cabeza. Aterrizó justo en medio de la Nube Nacarada más grande. Los elfos hicieron el mismo truco con los juguetes rotos. Ataron cintas a los globos y las ataron a los juguetes rotos. Los globos fueron disparados con flechas, haciendo aterrizar los juguetes rotos en la Nube Nacarada más pequeña.

Todos los elfos celebraron la partida del Cacique y dieron las gracias a los nueve renos por haber encontrado y desenterrado los juguetes enterrados en la nieve. Los renos fueron declarados inocentes de todo delito por el Tribunal Seelie. Todos los elfos se quedaron en el Reino de Santa fabricando juguetes.

Santa Claus nunca ha sido sustituido por ningún nuevo Elfo Cacique. Todos los años celebramos la partida del Elfo Cacique. Llamamos a esta festividad el Día de la Subida.

Todas las hadas del Otro Mundo nos envían juguetes desechados encontrados en contenedores. Las Hadas de los Jardines los traen por centenares. Nosotros reacondicionamos esos juguetes y los enviamos de nuevo en Nochebuena con Papá Noel. Todo el esfuerzo que hacen nuestros duendes con esos juguetes desechados ayuda a frenar el cambio climático. Mañana es el Día del Upcycle. Conocerás a Papá Noel. Ifty dice una última cosa: "Asegúrate de que todos tus amigos y Jumping-Jack hacen una lista de deseos para dársela mañana a Papá Noel".

Itsy-Bitsy hace que todos los niños y Jumping-Jack escriban su lista de deseos navideños en sus postales. Llega el día siguiente y todo el mundo está en la fiesta. Hay fuegos artificiales, globos enormes, lazos hechos con cintas y bastones de caramelo por todas partes en el Reino de Papá Noel. Dentro del taller, los elfos están ocupados recibiendo caja tras caja de las Hadas de los Jardines. Itsy-Bitsy ve uno de sus juguetes que había dejado fuera, en el jardín, de vuelta a casa. Itsy-Bitsy decidió que Ziggy debía habérselo dicho a su madre. Su madre le habrá dicho a Ziggy que lo tire al cubo la próxima vez que saque la basura. El juguete era el muñeco favorito de Itsy-Bitsy.

Itsy-Bitsy pide en su postal a Papá Noel que le devuelva su muñeca. La muñeca es Betsy Wetsey. Itsy-Bitsy la recibió de Papá Noel hace unos años.

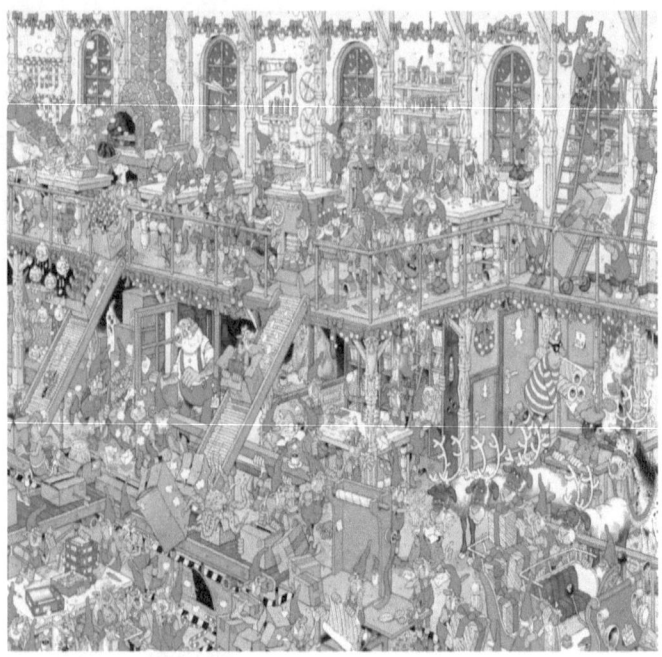

Los niños saludan a Papá Noel y le entregan sus postales. El Hada de los Jardines sale de una caja y recibe las postales de Papá Noel y una galleta para llevársela. Papá Noel le pide al duende Ifty que busque la muñeca. Ifty dice que estará encantado de buscar la muñeca si algunos elfos le ayudan a deslizarse por la escuta de metal rodante, primero. Papá Noel dice: ¡Ho, Ho, Ho! Todos los niños se unieron a Ifty y se deslizaron por el tobogán desde el segundo piso hasta el primero. Los niños se lo estaban pasando tan bien que nadie quería que se acabara la diversión. Los duendes de Papá Noel regalaron bastones de caramelo y galletas de chocolate caseras a todos los duendes y niños que conseguían llegar al fondo del tobogán. Ifty sacó una muñeca de una de las cajas y se la entregó a Itsy-Bitsy. "¡Sí, sí, ésta es mi muñeca, mi Betsy Wetsy!". "¡Gracias, Santa! "¡Gracias, Ifty!"

Esto fue justo a tiempo. Mientras miraba por la ventana, uno de los duendes de Papá Noel vio que el Cap Cloud se acercaba al Reino de Papá Noel. Itsy-Bitsy les dijo a Santa e Ifty que pronto todos los niños estarían en camino. Jumping-Jack comió demasiadas galletas, pero aun así consiguió transportar a todos los niños a la Nube de Gonorrea. Los niños partieron hacia un cielo azul brillante.

Eslabón de cadena

La Nube Capa descendió sobre el Reino de Santa con instrucciones específicas del Hada Madrina de llevar a los niños al Enlace de Cambio del Jefe del Terreno. La Regla de Oro de la Madrina para todos en el Otro Mundo era no mentir. "Nadie debe vivir una mentira".

Itsy-Bitsy es una hermosa niña de largo cabello rubio dorado. Sus ojos violetas eran poco comunes. Era pequeña, pero popular en la escuela. Su personalidad rebosaba confianza, como cuando compartía sus conocimientos sobre las previsiones meteorológicas. Se dio cuenta de que todos sus compañeros de clase eran más altos que ella. Itsy-Bitsy empezó a hacer preguntas. Un día le preguntó a su madre por su baja estatura. Su madre le contestó: "No te preocupes por tu tamaño. Pronto empezarás a crecer. Crecerás durante las horas de sueño". Itsy-Bitsy se negaba a mirarse en ningún espejo de su casa, porque en el fondo sabía que no iba a crecer más. Itsy-Bitsy hizo dibujar en la puerta de su habitación una marca con su estatura. No se añadía ninguna marca nueva mes tras mes. Incluso Ziggy empezó a burlarse de ella y la llamaba "Shrimpy". Storm le dijo a Itsy-Bitsy que si no crecías más, seguirías siendo mona y recibirías muchos mimos. Itsy-Bitsy sólo era cuatro veces más grande que su muñeca Betsy Wetsy. La mayoría de los niños cambiaban de ropa cada año, porque se les quedaba pequeña. A Itsy-Bitsy, en cambio, la ropa nunca le quedaba pequeña. Tenía que llevar su ropa hasta que se gastaba. Itsy-Bitsy nunca recibía zapatos nuevos. Tenían que tener agujeros en el alma. Itsy-Bitsy pensaba que esta condición no era justa. Ziggy seguía recibiendo ropa y zapatos nuevos todo el tiempo. Cada año crecía más y más.

La Nube del Gorro llegó por fin sobre el Eslabón de la Cadena del Terreno. La Nube del Gorro anunció que la única niña a la que se permitía bajar de la Nube era Itsy-Bitsy, ya que era la única niña con una postal para el Eslabón de la Cadena del Terreno. El Casquete Nube no podía mentir. Conocía otras razones, pero intentó mantenerlas en secreto, hasta que una niña lloró, pero ¿por qué? La Nube respondió: "Este terreno es muy peligroso. Los Eslabones Hada podrían llevarte y hacer un doble cambio y luego otro doble cambio una y otra vez. Cambiarte una y otra vez a tu familia humana o de nuevo al Otro Mundo. Verás, esas Hadas de los Eslabones de Cambio tienen un historial de cambiar niños. No se puede confiar en ellas. Entregan a sus hijos hadas a padres humanos para que los críen a cambio de hijos humanos. Estas hadas creen que sus hijos recibirán una mejor educación o tendrán más oportunidades, como mejor comida. Tal vez, al final, crezcan más. Esta situación es muy peligrosa para ustedes cinco niños, ya que todos están en camino al Mundo Humano. Permanezcan en la Nube Aplaudida. Estarán a salvo conmigo. Os dejaré jugar a vuestro juego favorito: adivinar lo que veo".

Itsy-Bitsy fue muy valiente. Saltó sobre Jumping-Jack y aterrizó en Terrain Change Link. Tal vez descubriera la verdad. Tal vez descubriría sus raíces. Podría encontrarse cara a cara con su existencia. ¿Qué sabía exactamente el Eslabón de Cambio que ella no supiera? ¿Podría llegar a conocer la verdad? ¿Qué preguntas haría? Peor aún, ¿permitirle salir de la Nube no sería más que un complot para retenerla? No le importaría no volver a ver a su hermano Ziggy, pero echaría de menos a su madre y a su padre. Tales pensamientos brotaban de ella, mezclados con lágrimas y revolcones. Intentó calmarse pensando que, fuera cual fuera el resultado de la visita, seguía teniendo a Jumping-Jack y a su muñeca favorita, Wetsey Betsy.

Itsy-Bitsy oyó unos pasos que venían hacia ella desde el denso bosque que tapaba la mayor parte de la luz del sol. Los árboles de los alrededores formaban un dosel que sólo permitía que los rayos de luz tocaran el suelo. A cada paso que se acercaba, Itsy-Bitsy se ponía un poco más nerviosa. Finalmente, los pasos se detuvieron justo bajo un rayo de luz. Una voz proclamó: "Soy el Jefe del Terreno Enlace del Cambio. He traído conmigo un libro de archivo de nuestro Departamento de Enlaces. Link Runner sostiene el libro para que lo leas.

Te ayudará a buscar tu nombre, Itsy-Bitsy Cloud. Puede que tu nombre no esté en el libro. Acércate a la luz para ver juntos lo que se revela. Itsy-Bitsy duda, pero la curiosidad la lleva hacia la luz. El Link Runner encuentra su nombre en el libro y señala el nombre, Itsy-Bitsy Cloud. El Libro del Otro Mundo afirma que en realidad eres un Hada, perteneciente a nuestro Terreno de Enlace Cambiante. El Enlace Corredor continúa diciendo, que fuiste cambiada a una familia humana llamada Nube. Te hemos cortado las alas y modificado las orejas para que ningún humano pueda adivinar que eres un hada. Itsy-Bitsy rompe a llorar al oír esta noticia. "¿Qué va a ser de mí?". Estas palabras se oían entre sus sollozos. El Jefe Link intenta calmar a Itsy-Bitsy. La Madrina Nube ha organizado esta visita para que no vivas una mentira. Ninguna hada en ningún Otro Mundo ni persona en ningún Mundo Humano debería vivir con una mentira. La verdad elimina cualquier duda y proporciona felicidad a tu ser. La Madrina Nube, dedujo de tus preguntas sobre tu tamaño que ya era hora de que supieras la verdad. Tu maravillosa personalidad no cambiará. Seguirás siendo amado en tu Mundo Humano adoptivo. Nadie se preguntará de dónde vienes. Itsy-Bitsy dice: "Sigo confundida. ¿Con quién me cambiaron?". El Enlace Cacique responde: "Te cambiaron por una niña humana".

"¿Puedo conocerla? "No, por desgracia murió hace unos años porque no quiso escuchar. Saltó de su casa del árbol para subirse a una nube. Cayó estrepitosamente al suelo. Como tú, tenía el mismo deseo secreto. Sin embargo, no esperó a que el Hada Madrina le concediera su deseo".

Itsy-Bitsy pregunta: "¿Qué va a ser de mí, de mi muñeca y de Jumping-Jack"? El Jefe Enlace le dice a Itsy-Bitsy que la trágica muerte del interruptor humano ya nunca jamás podrá tener lugar con la familia Nube. Será devuelta a ellos, siempre y cuando cumpla las condiciones establecidas por la Madrina para sus viajes por la Nube Clap. Itsy-Bitsy se siente muy aliviada.

Ahora su único problema es hacer llegar su postal a manos del Jefe del Terreno Link. Itsy-Bitsy se acerca al Enlace del Corredor, una última vez para ver su nombre en el libro. Sabe que el Cacique debe firmar el libro para dejar constancia de su encuentro con Itsy-Bitsy. Ha visto muchas de sus firmas en las distintas páginas que el Eslabón Corredor iba pasando. Itsy-Bitsy coloca su postal en la página del libro con su nombre. El Cacique recibe la postal mientras firma el libro. El Hada de los Jardines, vestida con estampado de periódico, sale volando de las tapas del libro y reclama la postal. Se va con la postal. Poco después, la Nube Capa aparece justo encima de la copa de un árbol.

Jumping-Jack sube al árbol más alto con Itsy-Bitsy a cuestas y su muñeca. Jumping-Jack da entonces un gran salto y aterriza sobre Cap Cloud. Todos los niños aplauden. ¡Están tan contentos de verla! Los niños le hacen a Itsy-Bitsy un halo con la Nube de Gorro. Ahora los niños llaman a Itsy-Bitsy el Ángel de Nube de Gorro. Su nuevo nombre.

Kelpie, el caballo

La nube Clap se desplazó muy lentamente hacia el Norte. Todos los niños dormían, así que la nube se tomó su tiempo para llegar a su nuevo destino, el Terreno Kelpie. Los niños se despertaron de su profundo sueño cuando oyeron el sonido característico de un caballo. Uno de los niños exclamó: "Mirad allí". Todos vieron una criatura parecida a un caballo en la orilla de un río. Era tan azul como el agua.

Cuando la nube aplaudidora se acercó al caballo, todos los niños querían ser los primeros de la fila para acariciarlo. El caballo parecía amistoso. Jumping-Jack hizo su trabajo y colocó a cada niño cerca del caballo. Cada vez que lo acariciaban, el caballo movía la cabeza arriba y abajo en señal de gratitud. Parecía muy simpático.

A un niño se le ocurrió montarlo. El niño hizo que Jumping-Jack lo subiera a su lomo. Los demás niños también querían montar.

El caballo se acomodó a este deseo estirando su lomo para hacer sitio, pero sólo el suficiente para cinco niños. Itsy-Bitsy, que era un ángel, se quedó sola a la orilla del río y observó cómo cada niño ocupaba un espacio en el lomo del caballo. Uno de los niños decidió ceder su espacio para que Itsy-Bitsy ocupara su asiento. El niño no podía desmontar. El niño se quedó pegado al lomo. Todos los demás niños intentaron a su vez desmontar. Todos estaban pegados. Estaban pegados al lomo del caballo. Itsy-Bitsy estaba horrorizada.

Itsy-Bitsy corrió hacia el caballo. Itsy-Bitsy cogió todas las postales e intentó despegarlas, una a una. Cada postal se pegaba al caballo.

El caballo se lanzó al galope hacia el río. Itsy-Bitsy se quedó sorprendida en la orilla. El caballo desapareció en el agua. Más tarde, Itsy-Bitsy vio una postal sobre el agua. Era su postal.

El Hada de los Jardines apareció detrás de un árbol en la orilla del río, vestida de azul, y cogió la postal. Se la llevó volando.

La nube aplaudidora no tardó en llegar. Jumping-Jack subió rápidamente a Itsy-Bitsy con su muñeca a la nube.

Itsy-Bitsy, con la cara llena de lágrimas, gritó: "Quiero irme a casa. No me quedan postales".

La tormenta

Itsy-Bitsy, como muchos meteorólogos, puede equivocarse. Dejó abierta la ventana de su dormitorio. A primera hora de la mañana se formó una gran tormenta con fuertes vientos. La lluvia y el viento empezaron a agitar las cortinas y las contraventanas del dormitorio. Ziggy ya se había levantado. Se estaba preparando para ir al colegio cuando oyó ruidos extraños procedentes del dormitorio de Itsy-Bitsy. Irrumpió en la habitación y cerró la ventana de golpe.

Este ruido despertó a Itsy-Bitsy de su profundo sueño. Ziggy dijo: "Te voy a delatar".

Sobre el Autor

Francis Edwards

Francis Edwards ha conseguido reformatear el Libro del Túnel Victoria en una presentación moderna en 3D para libros de cuentos y aprendizaje para niños. Hasta la fecha tiene 15 títulos. Puede visitar Etsy.com para adquirir uno de sus Libros del Túnel.

Sus ensayos, poemas y escritos pueden leerse en Medium.com. También está presente en Smashwords.com.

www.ingramcontent.com/pod-product-compliance
Lightning Source LLC
LaVergne TN
LVHW041556070526
838199LV00046B/2004